杯

森鷗外＋今井キラ

初出：「中央公論」１９１０年１月

森鷗外

文久２年（１８６２年）島根県生まれ。小説家。東京大学医学部卒業後、陸軍軍医となり、留学生としてドイツに４年間滞在した。帰国後『舞姫』などを発表し、小説家としても活動をはじめる。またゲーテ『ファウスト』などの翻訳も行った。大正11年（１９２２年）没。代表作に『ヰタ・セクスアリス』、『雁』、『山椒大夫』などがある。長女の森茉莉も、小説家・エッセイストとして活動した。

今井キラ

兵庫県生まれ。ファッションブランドAngelic Prettyや雑誌、小説の装丁画などに作品を提供。作品集として『待つ』、『女生徒』（どちらも太宰治＋今井キラ）、『月行少女』、『少女の国』、『ひと匙姫』がある。他の追随を許さない独自の空気感で、世界中のロリータ少女たちから支持され続けている。

温泉宿から鼓《つづみ》が滝《たき》へ登って行く途中に、清冽《せいれつ》な泉が湧《わ》き出ている。

水は井桁《いげた》の上に凸面《とつめん》をなして、盛り上げたようになって、余ったのは四方へ流れ落ちるのである。

青い美しい苔《こけ》が井桁の外を掩《おお》うている。

夏の朝である。

泉を繞《めぐ》る木々の梢《こずえ》には、今まで立ち籠めていた靄《もや》が、まだちぎれちぎれになって残っている。

万斛《ばんこく》の玉を転ばすような音をさせて流れている谷川に沿うて登る小道を、温泉宿の方から数人の人が登って来るらしい。

賑《にぎ》やかに話しながら近づいて来る。

小鳥が群がって囀《さえず》るような声である。

皆子供に違ない。女の子に違ない。

「早くいらっしゃいよ。いつでもあなたは遅れるのね。早くよ」

「待っていらっしゃいよ。石がごろごろしていて歩きにくいのですもの」

後《おく》れ先立つ娘の子の、同じような洗髪を結んだ、真赤な、幅の広いリボンが、ひらひらと蝶《ちょう》が群れて飛ぶように見えて来る。

これもお揃《そろい》の、藍色《あいいろ》の勝った湯帷子《ゆかた》の袖《そで》が翻《ひるがえ》る。足に穿《は》いているのも、お揃の、赤い端緒《はなお》の草履である。

「わたし一番よ」

「あら。ずるいわ」

先を争うて泉の傍《そば》に寄る。七人である。

年は皆十一二位に見える。きょうだいにしては、余り粒が揃っている。皆美しく、ややなまめかしい。お友達であろう。

この七顆《か》の珊瑚《さんご》の珠《たま》を貫くのは何の緒《お》か。誰《たれ》が連れて温泉宿には来ているのだろう。

漂う白雲の間を漏れて、木々の梢を今一度漏れて、朝日の光が荒い縞《しま》のように泉の畔《ほとり》に差す。

真赤なリボンの幾つかが燃える。
娘の一人が口に銜《ふく》んでいる丹波《たんば》酸漿《ほおずき》を膨《ふく》らませて出して、泉の真中に投げた。
凸面をなして、盛り上げたようになっている水の上に投げた。
酸漿は二三度くるくると廻って、井桁の外へ流れ落ちた。

「あら。直ぐにおっこってしまうのね。わたしどうなるかと思って、楽みにして遣《や》って見たのだわ」

「そりゃあおっこちるわ」

「おっこちるということが前から分っていて」

「分っていてよ」

「嘘《うそ》ばっかし」

打つ真似をする。藍染の湯帷子の袖が翻る。

「早く飲みましょう」

「そうそう。飲みに来たのだったわ」

「忘れていたの」

「ええ」

「まあ、いやだ」

手ん手に懐を捜《さぐ》って杯を取り出した。

青白い光が七本の手から流れる。

皆銀の杯である。大きな銀の杯である。

日が丁度一ぱいに差して来て、七つの杯はいよいよ耀《かがや》く。七条の銀の蛇《へび》が泉を繞って奔《はし》る。

銀の杯はお揃で、どれにも二字の銘がある。

それは自然の二字である。

妙な字体で書いてある。何か拠《よりどころ》があって書いたものか。それとも独創の文字か。

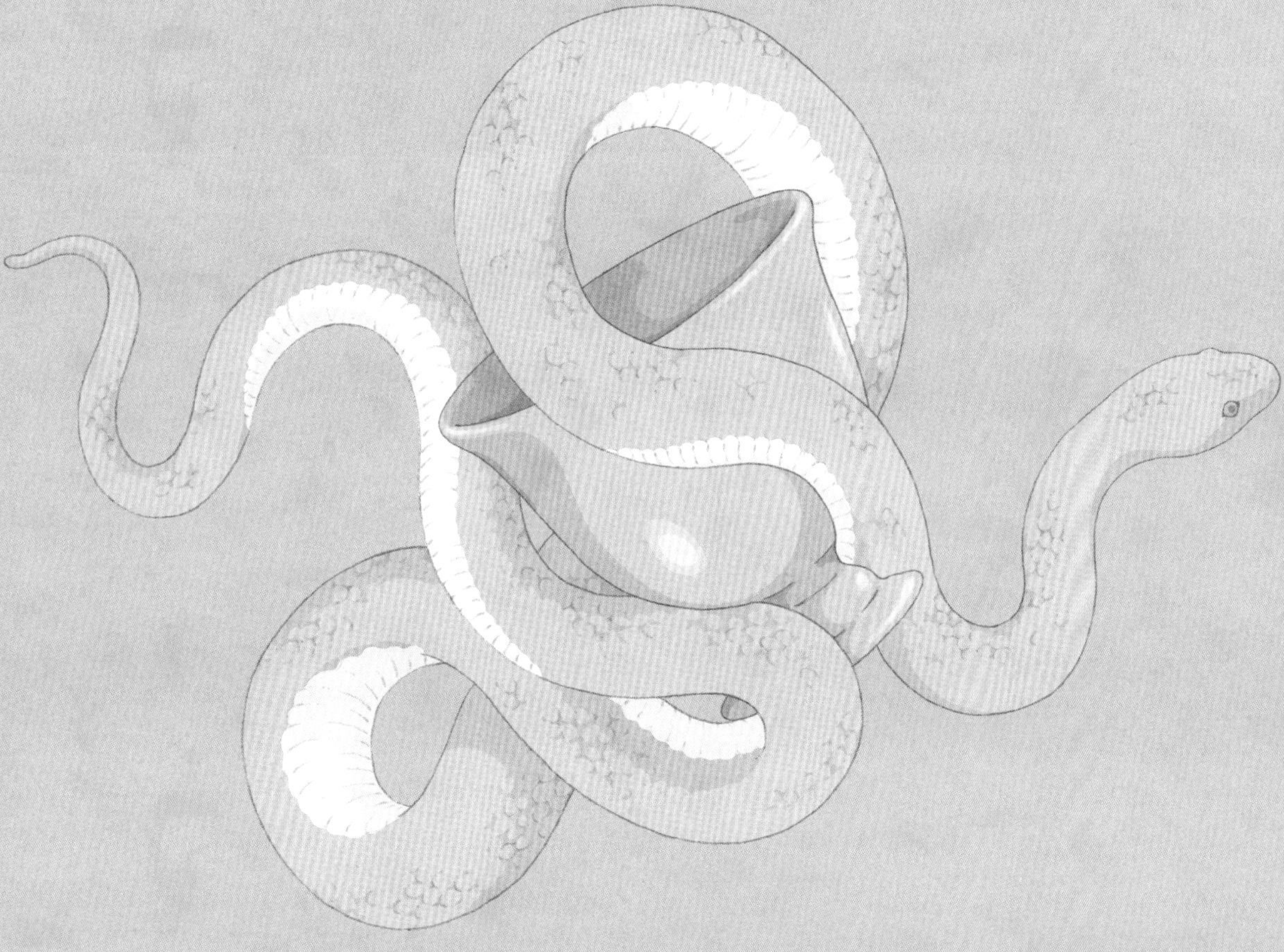

かわるがわる泉を汲《く》んで飲む。
濃い紅の唇を尖《とが》らせ、桃色の頬《ほお》を膨らませて飲むのである。
木立のところどころで、じいじいという声がする。蝉《せみ》が声を試みるのである。
白い雲が散ってしまって、日盛りになったら、山をゆする声になるのであろう。

この時ただ一人坂道を登って来て、七人の娘の背後に立っている娘がある。

第八の娘である。

背は七人の娘より高い。十四五になっているのであろう。

黄金色《こがねいろ》の髪を黒いリボンで結んである。

琥珀《こはく》のような顔から、サントオレアの花のような青い目が覗《のぞ》いている。永遠の驚を以《もっ》て自然を覗いている。

唇だけがほのかに赤い。

黒の縁《へり》を取った鼠色の洋服を着ている。

東洋で生れた西洋人の子か。それとも相《あい》の子《こ》か。

第八の娘は裳《も》のかくしから杯を出した。
小さい杯である。
どこの陶器か。火の坑《あな》から流れ出た熔《よう》巌《がん》の冷《さ》めたような色をしている。
七人の娘は飲んでしまった。杯を漬《つ》けた迹《あと》のコンサントリックな圏《わ》が泉の面に消えた。
凸面をなして、盛り上げたようになっている泉の面に消えた。
第八の娘は、藍染の湯帷子の袖と袖との間をわけて、井桁の傍に進み寄った。

七人の娘は、この時始てこの平和の破壊者のあるのを知った。
そしてその琥珀いろの手に持っている、黒ずんだ、小さい杯を見た。
思い掛けない事である。
七つの濃い紅の唇は開いたままで詞《ことば》がない。
蝉はじいじいと鳴いている。
やや久しい間、ただ蝉の声がするばかりであった。

一人の娘がようようの事でこう云った。

「お前さんも飲むの」

声は訐《いぶかり》に少しの嗔《いかり》を帯びていた。

第八の娘は黙って頷《うなず》いた。

今一人の娘がこう云った。

「お前さんの杯は妙な杯ね。一寸《ちょっと》拝見」

声は訐に少しの侮《あなどり》を帯びていた。

第八の娘は黙って、その熔巌の色をした杯を出した。

小さい杯は琥珀いろの手の、腱《けん》ばかりから出来ているような指を離れて、薄紅のむっくりした、一つの手から他の手に渡った。

「まあ、変にくすんだ色だこと」

「これでも瀬戸物でしょうか」

「石じゃあないの」

「火事場の灰の中から拾って来たような物なのね」

「墓の中から掘り出したようだわ」

「墓の中は好かったね」

七つの喉《のど》から銀の鈴を振るような笑声が出た。

第八の娘は両臂《りょうひじ》を自然の重みで垂れて、サントオレアの花のような目は只じいっと空《くう》を見ている。

一人の娘が又こう云った。

「馬鹿に小さいのね」

今一人が云った。

「そうね。こんな物じゃあ飲まれはしないわ」

今一人が云った。

「あたいのを借《か》そうかしら」

愍《あわれみ》の声である。

そして自然の銘のある、耀く銀の、大きな杯を、第八の娘の前に出した。

第八の娘の、今まで結んでいた唇が、この時始て開かれた。

“MON《モン》. VERRE《ヴェエル》. N'EST《ネエ》. PAS《パア》. GRAND《グラン》. MAIS《メエ》. JE《ジュ》. BOIS《ボア》. DANS《ダン》. MON《モン》. VERRE《ヴェエル》”

沈んだ、しかも鋭い声であった。

「わたくしの杯は大きくはございません。それでもわたくしはわたくしの杯で戴《いただ》きます」と云ったのである。

MON
VERRE
N'EST
PAS
GRAND

七人の娘は可哀らしい、黒い瞳《ひとみ》で顔を見合った。
言語が通ぜないのである。

第八の娘の両臂は自然の重みで垂れている。
言語は通ぜないでも好《い》い。
第八の娘の態度は第八の娘の意志を表白して、誤解すべき余地を留《とど》めない。
一人の娘は銀の杯を引っ込めた。
自然の銘のある、耀く銀の、大きな杯を引っ込めた。
今一人の娘は黒い杯を返した。
火の坑から湧き出た熔巖の冷めたような色をした、黒ずんだ、小さい杯を返した。

第八の娘は徐《しず》かに数滴の泉を汲んで、
ほのかに赤い唇を潤した。

※本書には、現在の観点から見ると差別用語と取られかねない表現が含まれていますが、原文の歴史性を考慮してそのままとしました。

乙女の本棚シリーズ

［左上から］

『女生徒』太宰治＋今井キラ／『猫町』萩原朔太郎＋しきみ
『葉桜と魔笛』太宰治＋紗久楽さわ
『檸檬』梶井基次郎＋げみ
『押絵と旅する男』江戸川乱歩＋しきみ
『瓶詰地獄』夢野久作＋ホノジロトヲジ
『蜜柑』芥川龍之介＋げみ／『夢十夜』夏目漱石＋しきみ
『外科室』泉鏡花＋ホノジロトヲジ
『赤とんぼ』新美南吉＋ねこ助
『月夜とめがね』小川未明＋げみ
『夜長姫と耳男』坂口安吾＋夜汽車
『桜の森の満開の下』坂口安吾＋しきみ
『死後の恋』夢野久作＋ホノジロトヲジ
『山月記』中島敦＋ねこ助
『秘密』谷崎潤一郎＋マツオヒロミ
『魔術師』谷崎潤一郎＋しきみ
『人間椅子』江戸川乱歩＋ホノジロトヲジ
『春は馬車に乗って』横光利一＋いとうあつき
『魚服記』太宰治＋ねこ助
『刺青』谷崎潤一郎＋夜汽車
『詩集『抒情小曲集』より』室生犀星＋げみ
『Kの昇天』梶井基次郎＋しらこ
『詩集『青猫』より』萩原朔太郎＋しきみ
『春の心臓』イェイツ（芥川龍之介訳）＋ホノジロトヲジ
『鼠』堀辰雄＋ねこ助
『詩集『山羊の歌』より』中原中也＋まくらくらま
『人でなしの恋』江戸川乱歩＋夜汽車
『夜叉ヶ池』泉鏡花＋しきみ
『待つ』太宰治＋今井キラ／『高瀬舟』森鷗外＋げみ
『ルルとミミ』夢野久作＋ねこ助
『駈込み訴え』太宰治＋ホノジロトヲジ
『木精』森鷗外＋いとうあつき
『黒猫』ポー（斎藤寿葉訳）＋まくらくらま
『恋愛論』坂口安吾＋しきみ
『二人の稚児』谷崎潤一郎＋夜汽車
『猿ヶ島』太宰治＋すり餌
『人魚の嘆き』谷崎潤一郎＋ねこ助
『藪の中』芥川龍之介＋おく
『悪霊物語』江戸川乱歩＋粟木こぼね
『目羅博士の不思議な犯罪』江戸川乱歩＋まくらくらま
『文字禍』中島敦＋しきみ
『舞踏会』芥川龍之介＋Sakizo
『杯』森鷗外＋今井キラ

［左から］

『悪魔　乙女の本棚作品集』しきみ
『縊死体　乙女の本棚作品集』ホノジロトヲジ

杯

2025年 2月14日　第1版1刷発行

著者　森 鷗外
絵　今井 キラ

発行人　松本 大輔
編集人　橋本 修一
デザイン　根本 綾子(Karon)
協力　神田 岬
担当編集　切刀 匠

発行：立東舎
発売：株式会社リットーミュージック
〒101-0051 東京都千代田区神田神保町一丁目105番地

印刷・製本：株式会社広済堂ネクスト

【本書の内容に関するお問い合わせ先】
info@rittor-music.co.jp
本書の内容に関するご質問は、Eメールのみでお受けしております。
お送りいただくメールの件名に「杯」と記載してお送りください。
ご質問の内容によりましては、しばらく時間をいただくことがございます。
なお、電話やFAX、郵便でのご質問、本書記載内容の範囲を超えるご質問につきましてはお答えできませんので、
あらかじめご了承ください。

【乱丁・落丁などのお問い合わせ】
service@rittor-music.co.jp

Printed in Japan　ISBN978-4-8456-4181-9
定価はカバーに表示しております。